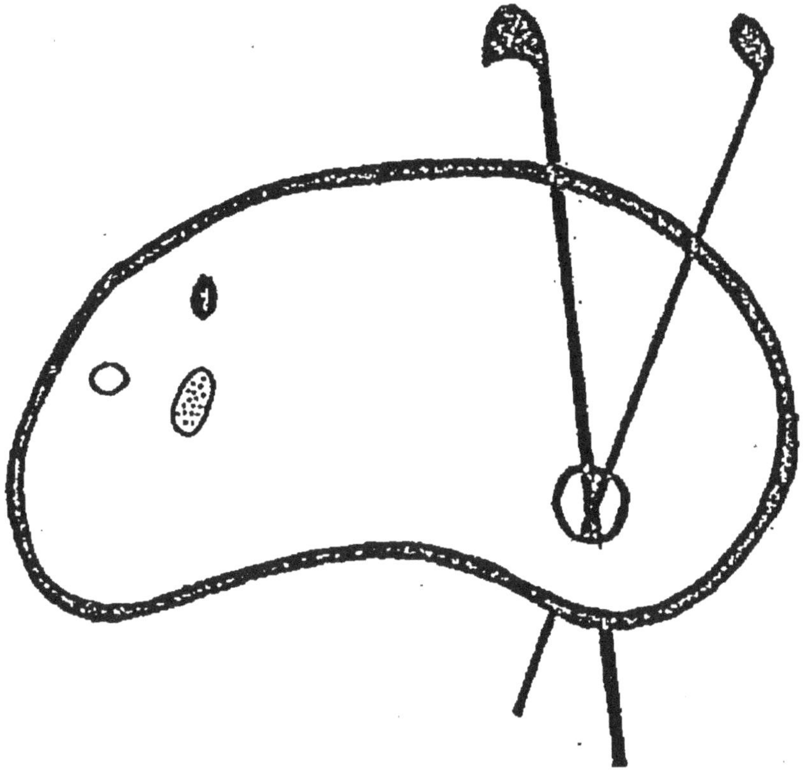

COUVERTURE SUPERIEURE ET INFERIEURE
EN COULEUR

BIBLIOTHÈQUE MORALE

In-12 5e Série.

Tout exemplaire qui ne sera pas revêtu de ma griffe sera réputé contrefait et poursuivi conformément aux lois.

Ch. Barbou

LES

PLAISIRS DE L'ÉTUDE.

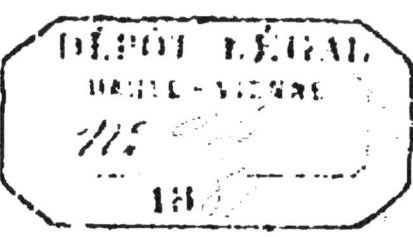

LES

PLAISIRS DE L'ÉTUDE

LIMOGES

ANCIENNE MAISON BARBOU FRÈRES

Ch. BARBOU, IMPRIMEUR-LIBRAIRE,

Avenue du Crucifix.

LES
PLAISIRS DE L'ÉTUDE.

M. LEBON.

Vous voilà bien matinals, mes chers petits naturalistes : je parie qu'il vous tarde de savoir

quels sont les animaux insectivores.

ÉTIENNE.

Justement, après avoir rêvé ti-
gre, panthère et loup, qui ne
vivent que de chair, comme des
carnassiers qu'ils sont, nous dé-
sirons beaucoup d'apprendre quels
sont les animaux assez sobres
pour se contenter de mouches,
de vermisseaux, comme le coq de
la fable.

M. LEBON.

Je vais vous satisfaire. Ce sont
de petits animaux dont les plus

grands ne surpassent guère le chat domestique , dont la vie est généralement peu active. La plupart se tiennent cachés dans les retraites obscures; quelques-uns se creusent des terriers ou se forment de vastes demeures souterraines , d'où ils ne sortent que rarement ; un très-petit nombre vit sur les arbres , et tous se nourrissent habituellement de matières animales , mais quelques-uns aussi de fruits.

» On les divise en deux familles : d'abord la famille des insectivores proprement dits. Ils ont comme les chauves-souris, des molai-

ses hérissées de pointes coniques;
leur vie est le plus souvent noc-
turne ; ils se nourrissent principalement d'insectes , et dans les pays
du Nord , beaucoup d'entre eux
passent l'hiver en léthargie ; ils ap-
puient, quand ils marchent , la
plante du pied tout entière sur le
sol. Nous signalerons de ce genre
les hérissons, qui sont des animaux
de petite taille , habitant le milieu
des bois , passant le jour cachés
sous les pierres , dans le tronc
des vieux arbres , ou dans la
mousse qui couvre leurs racines ;
ils quittent leur retraite pendant
la nuit pour aller à la recherche de

leur nourriture. Les poils sont
remplacés par des piquants sur
toutes la partie supérieure du
corps ; mais aux parties inférieures on trouve des poils flexibles.
La peau du dos est garnie de mus-
cles disposés de telle manière que
l'animal, en fléchissant la tête et
les pattes vers le ventre, peut s'y
renfermer comme dans une bourse,
et présenter de toutes parts des
piquants à l'ennemi. C'est à ce
genre qu'appartient notre héris-
son ordinaire, à oreilles courtes,
à épines variées de noir brun et de
blanc sale, à poil d'un brun roux,
à queue très-courte ; il est assez

commun dans les bois ; il passe
l'hiver dans son terrier. On peut
l'élever dans les jardins, où, sans
faire aucun dégât, il détruit beaucoup d'insectes nuisibles.

» Il y a aussi les musaraignes,
qui ont les mêmes dents que les
hérissons, excepté que leurs deux
grandes incisives supérieures sont
crochues et munies d'une pointe
à leur face interne ; mais ce sont
des animaux plus petits que les précédents, et couverts de simples
poils. Sur chaque flanc on trouve,
sous le poil ordinaire, une petite
bande de soies roides et serrées,

entre lesquelles suinte une humeur
odorante produite par des glan-
des. Leurs yeux sont très-petits.
Elles vivent dans les trous de mu-
railles, et n'en sortent qu'au cré-
puscule. La plus commune qu'il y
ait en Europe est la musaraigne
commune ou musette; elle a environ trois pouces de longueur sans
la queue; sa couleur, aux parties
supérieures, est, en général, d'un
brun noir lustré de roussâtre; aux
parties inférieures, d'un gris blanc.
On a dit que sa morsure était dan-
gereuse, mais il paraît que c'est
une erreur.

PAULINE.

En voici qui ressemblent à de petits cochons.

M. LEBON.

Comment ! tu ne reconnais pas les taupes ! elles sont cependant faciles à reconnaître à leur tête qui semble immédiatement attachée au tronc, tant le cou est court ; à leurs pattes antérieures, parfaitement conformées pour fouir, c'est-à-dire creuser la terre, mais très-peu propres à la marche, très-courtes, et terminées par une

large main, dont la paume e·t toujours tournée en dehors ou en ar-
'rière ; elle a cinq doigts armés d'ongles fournisseurs aussi bien que
les pieds. Le museau, prolongè
au-delà des mâchoires, est ter-
miné par une sorte de groin, au
milieu duquel sont percées les narines ; l'œil est extrêmement petit
et caché par les poils ; le pelage a
la douceur du velours. On en connaît deux espèces en Europe.

»La taupe commune, que tout le
monde connaît, passe avec raison
pour un animal nuisible ; cepen•
dant il est faux qu'elle mange les

racines des végétaux ; mais elle les détruit en creusant de nombreuses galeries peu au dessous de la surface du sol. Il arrive souvent à la taupe de s'emparer, pour construire son nid, de tiges de graminées qu'elle saisit par la racine et fait descendre peu à peu sous terre. Ses galeries sont ménagées autour du gîte, ou la partie centrale qui forme le domicile habituel de l'animal. La taupe vient rarement à la surface du sol, mais elle quitte souvent son nid pour aller fouiller la terre au loin, et chercher les larves d'insectes, dont elle fait sa nourriture ordinaire. Elle se nourrit aussi d'oiseaux et de grenouilles; quand elle peut saisir un de ces animaux, elle lui ouvre le ventre et le dévore avec avidité.

» C'est dans les terres douces, fournies de racines excellentes et bien peuplées d'insectes et de vers dont elle puisse se nourrir, que la taupe pratique sa retraite. Elle en ferme l'entrée, n'en sort presque jamais qu'elle n'y soit forcée par l'abondance des pluies d'été, lorsque l'eau la remplit, ou lorsque le pied du jardinier en affaisse le dôme. Comme les taupes sortent rarement de leur domicile souterrain, elles ont peu d'ennemis, et échappent aisément aux animaux carnassiers. Leur plus grand fléau e t le débordement des rivières. On les voit, dans les inondations, fuir en nombre à la nage, et faire tous leurs efforts pour gagner les terres plus élevées ; mais la plupart périssent, aussi bien que leurs petits qui restent dans les trous.

» Elles s'accouplent vers la fin de l'hiver ; elles ne portent pas longtemps ; car on trouve déjà beaucoup de petits au mois de mai. Il y en a ordinairement quatre ou cinq dans chaque portée. Comme on trouve des petits depuis le mois d'avril jusqu'au mois d'août, il est à croire qu'elles produisent plus d'une fois par an , à moins que les unes ne s'accouplent plus tard que les autres.

» Le domicile où les taupes font leurs petits est formé avec beaucoup d'art. Elles commencent par pousser, par élever la terre et former une voûte assez élevée ; elles laissent des cloisons , des espèces de piliers de distance en distance ; elles pressent et battent la terre , la mêlent avec des racines et des herbes, et la rendent si dure et si solide par-dessous que l'eau ne peut pas pénétrer la voûte à cause de sa convexité et de sa solidité ; elles élèvent ensuite un tertre par des-sous, au sommet duquel elles apportent de l'herbe et des feuilles pour faire un lit à leurs petits. Dans cette situation, ils se trouvent au-dessus du niveau du terrain, et, par conséquent, à l'abri des inon-dations ordinaires, et en même temps à couvert de la pluie par la voûte qui recouvre le tertre sur lequel ils reposent.

Ce tertre est percé tout autour

de plusieurs trous en pente, qui descendent plus bas et s'étendent de tous côtés, comme autant de routes souterraines par où la mère taupe peut sortir et aller chercher la subsistance nécessaire à ses petits ; ces sentiers souterrains sont fermes et battus, s'étendent à douze et quinze pas, et partent tous du domicile, comme des rayons d'un centre. On y trouve, aussi bien que sous la voûte, des débris d'oignons à de colchique, qui sont apparemment la première nourriture qu'elle donne à ses petits.

» On voit par cette disposition, que la taupe ne sort jamais qu'à une distance considérable de son domicile, et que la manière la plus simple et la plus sûre de la prendre avec ses petits est de faire autour une tranchée qui en coupe toutes les communications ; mais, comme la taupe fuit au moindre bruit et qu'elle tache d'emmener ses petits, il faut trois ou quatre hommes qui, travaillant ensemble avec la bêche, enlèvent la mote toute entière, ou fassent une tranchée presque dans un moment, et qui ensuite les saisissent ou les attendent aux issues.

» On a dit mal à propos que ces animaux dormaient, sans manger, pendant l'hiver entier. La taupe dort si peu pendant l'hiver qu'elle pousse la terre comme en été. Elle cherche, à la vérité, les endroits les plus chauds, et les jardiniers en prennent souvent autour de leurs couches aux mois de décembre, janvier et février.

» La taupe aveugle est une espèce récemment observée en Italie; mais les taupes, en général, quoi qu'en disent quelques cultivateurs ignorants, ne sont pas aveugles.

ÉTIENNE.

Voici, sans doute, une erreur de classification : au milieu des gravures des animaux insectivores, je trouve des oiseaux de nuit, des chauves-souris.

M. LEBON.

Ce ne sont pas du tout des oiseaux, mais bien des animaux mammifères de la seconde famille des insectivores, les chéiroptères ou chauves-souris. Ces animaux ont les bras, les avant-bras et les doigts excessivement allongés et formant avec

la membrane qui en remplit les in-
tervalles, de véritables ailes, aussi
étendues que celles des oiseaux ;
aussi volent-ils très-haut et très-
rapidement. Leur pouce est armé
d'un ongle crochu, qui leur sert à
se suspendre et à ramper; leurs
pieds de derrière sont faibles, divi-
sés en cinq doigts égaux et tous
armés d'ongles ; leurs yeux sont
fort petits, mais leurs oreilles sont
souvent très-grandes et membra-
neuses, presque nues et tellement
sensibles que les chauves-souris
auxquelles on a arraché les yeux
continuent à se diriger, par la
seule deversité des impressions de

l'air, au milieu des obstacles accumulés à dessein autour d'elles. Ce sont des animaux nocturnes qui, dans nos climats, passent l'hiver en léthargie ; ils se suspendent, pendant le jour, dans des lieux obscurs.

» On en distingue deux tribus :

» 1° Les roussettes, dont les molaires sont à couronnes plates, et qui vivent presque exclusivement de fruits : ce sont les plus grands chéiroptères ; elles habitent dans les Indes orientales, où l'on mange leur chair.

» 2° Les vrais chauves-souris, qui ont toujours les molaires hérissées de pointes coniques ; elles se nourrissent d'insectes qu'elles attrapent au vol; quelques-unes cependant s'attachent aux petits mammifères pour sucer leur sang.

» Il y a aussi le verpertilion, caractérisé par son museau sans aucun appendice; les oreilles bien séparées l'une de l'autre, sa queue comprise dans la membrane : c'est à ce genre qu'appartient notre chauve-souris ordinaire.

» La description des insectivores

dont j'ai pu me souvenir est ter-
minée, passons au huitième ordre :
ce sont les singes de toute espèce.
L'histoire de cet animal est fort
curieuse.

PAULINE.

Depuis bien longtemps, cher
papa, je désire connaître le singe.
Quoiqu'il soit bien laid, il m'a tellement amusé par ses tours et ses
grimaces que je voudrais en connaître toutes les espèces.

ÉTIENNE.

Est-il vrai qu'il ressemble à
l'homme autant qu'on le dit?

M. LEBON.

On a beaucoup exagéré cette ressemblance, et les singes apprivoisés n'ont pas peu contribué à faire propager cette erreur, par la manie qu'ils ont de contrefaire l'homme avec assez d'exactitude dans certains actes de la vie; mais vous allez voir, en écoutant avec attention les divers détails que je vais vous donner sur la conformation particulière de leurs membres, qu'ils sont loin, Dieu merci, de ressembler à l'homme.

» On les appelle cependant quadrumanes, parce qu'ils ont les membres antérieurs et les postérieurs terminés par des mains à peu près semblables à celles de l'homme, dans lesquelles le pouce, séparé des autres doigts, peut leur être opposé. Le pouce des membres antérieurs manque quelquefois, et dans un genre (les gibbons) n'est pas opposable. Ces animaux se nourrissent de fruits ou d'insectes, habitent les contrées chaudes du globe, où ils vivent dans les forêts, et presque constamment sur les arbres; ils ont, comme l'homme, les yeux dirigés en avant, les trois

sortes de dents, des clavicules, des
mamelles placées sur la poitrine;
ils forment trois familles : les
lémuriens, les sapajous et les
singes.

» A l'égard de l'imitation, qui
paraît être le caractère le plus mar-
qué, l'attribut le plus frappant de
l'espèce du singe, et que le vulgaire lui attribue comme un talent
unique, il faut, avant de décider,
examiner si cette imitation est
libre ou forcée. Le singe nous imi-
te-t-il parce qu'il le veut, ou bien
parce que, sans le vouloir, il le
peut? Quiconque a observé cet ani-

mal sans prévention ne pourra s'empêcher de dire qu'il n'y a rien de
libre, rien de volontaire dans cette
imitation : le singe, ayant des bras
et des mains, s'en sert comme nous,
mais sans songer à nous. La similitude des membres et des organes
produit nécessairement des mouvements et quelquefois même des
suites de mouvements qui ressemblent aux nôtres : étant conformé
comme l'homme, le singe ne peut
que se mouvoir comme lui ; mais se
mouvoir même n'est pas agir pour
imiter. Qu'on donne à deux corps
bruts la même impulsion ; qu'on
construise deux pendules, deux ma.

chines pareilles, elles se mouvront
de même, et l'on aurait tort de dire
que ces corps bruts ou ces machines ne se meuvent ainsi que pour
s'imiter. Il en est de même du singe
relativemont au corps de l'homme :
ce sont deux machines construites,
organisées de même, qui, par né-
cessité de nature, se meuvent à
peu près de la même façon; néan-
moins parité n'est pas imitation :
l'une gît dans la matière, et l'autre
n'existe que par l'esprit. L'imitation
suppose le dessein d'imiter : le singe
est incapable de former ce dessein,
qui demande une suite de pensées,
et par cette raison l'homme peut,

s'il le veut, imiter le singe, et le singe ne peut pas même vouloir imiter l'homme.

» Et cette parité, qui n'est que le physique de l'imitation, n'est pas aussi complète ici que la similitude, dont cependant elle émane comme effet immédiat; le singe ressemble plus à l'homme par le corps et les membres que par l'usage qu'il en fait : en l'observant avec quelque attention, on s'apercevra aisément que tous ses mouvements sont brusques, intermittents, précipi-tés, et que, pour les comparer à ceux de l'homme, il faudrait leur

supposer une autre échelle ou plutôt
un module différent. Toutes les
actions du singe tiennent de son
éducation , qui est purement ani-
male; elles nous paraissent ridicu-
les , inconséquentes , extravagan -
tes, parce que nous nous trompons
d'échelle en les rapportant à nous ,
et que l'unité qui doit leur servir de
de mesure est très différente de la
nôtre.

» Comme sa nature est vive,
son tempérament chaud, son naturel pétulant, qu'aucune de ses
affections n'a été mitigée par l'éducation , toutes ses habitudes sont

excessives, et ressemblent beaucoup plus au mouvement d'un ma-
niaque qu'aux actions d'un homme
ou même d'un animal tranquille ;
c'est par la même raison que nous
le trouvons indocile, et qu'il reçoit
difficilement les habitudes qu'on
voudrait lui transmettre. Il est in-
sensible aux caresses et n'obéit
qu'au châtiment ; on peut le tenir
en captivité, mais non pas en do-
mesticité ; toujours triste ou re-
vêche, toujours répugnant, on le
dompte plutôt qu'on le prive : aussi
l'espèce n'a jamais été domestique
nulle part, et sous ce rapport il est
plus éloigné de l'homme que la

lupart des animaux ; car la docilité
suppose quelque analogie entre
celui qui donne et celui qui reçoit :
c'est une qualité relative qui ne
peut être exercée que lorsqu'il se
trouve des deux parts un certain
nombre de facultés communes qui
ne diffèrent entre elles que parce
qu'elles sont actives dans le maître
et passives dans le sujet. Or le
passif du singe a moins de rapport
avec l'actif de l'homme que le passif
du chien ou de l'éléphant, qu'il
suffit de bien traiter pour leur com-
muniquer les sentiments doux et
même délicats de l'attachement
fidèle, de l'obéissance volontaire,

du service gratuit et du dé-
vouement sans réserve.

» Ainsi le singe, que les philoso-
phes, avec le vulgaire, ont regardé
comme un être difficile à définir,
dont la nature était au moins équi-
voque et moyenne entre celle de
l'homme et celle des animaux,
n'est, dans la vérité, qu'un pur
animal portant à l'extérieur un
masque de figure humaine, mais
dénué à l'intérieur de la pensée et
de tout ce qui fait l'homme ; un
animal au-dessous de plusieurs
autres par les facultés relatives, et
encore essentiellement différent de

l'homme par le naturel, par le tem·
pérament et aussi par la mesure du
temps nécessaire à l'éducation, à la
gestation, à l'accroissement du
corps, à la durée de vie, c'est
à-dire par toutes les habitudes
réelles qui constituent ce qu'on
appelle *nature* dans un être par-
ticulier.

» Les lémuriens s'éloignent des
suivants par l'absence du front et
par leur museau très-allongé, à l'extrémité duquel sont les narines,
qu'un mufle complet environne : ce
sont des animaux essentiellement
grimpeurs, qui font leur habitation

3.

sur les arbres; leur pelage est très-épais, très-fin et d'apparence laineuse; leur odorat très-délicat, leurs oreilles assez semblables à celles de l'homme, mais quelquefois beaucoup plus grandes. Ce sont des animaux crépusculaires, dont la grandeur ne surpasse jamais celle d'un chien de moyenne taille; ils aiment la viande; mais dans l'état naturel, ils vivent de fruits, et surtout d'insectes.

» Les sapajous ou singes d'Amérique, ont, à chaque mâchoire, quatre incisives tranchantes, deux canines de médiocre grandeur,

six fausses molaires. Le caractère
des mains présente dans cette famille quelques modifications : plusieurs espèces sont privées du pouce
aux membres antérieurs. Leurs
narines sont séparées par une cloi-
son ordinairement large et s'ou-
vrant presque toujours sur les côtés
du nez ; ils n'ont jamais d'abajoues
ni de callosités; la queue est toujours longue, souvent prenante,
c'est-à-dire susceptible de s'enrou-
ler autour des objets, de manière
à les saisir et à devenir pour l'animal un organe de préhension. On
peut les diviser en huit genres.

» Les alouates ont la tête en forme d'une pyramide, le museau allongé, le visage oblique; leur cou est très-volumineux à cause du renflement considérable de l'os hyoïde, qui forme un tambour osseux : c'est à cela qu'ils doivent cette voix forte et retentissante dont parlent les voyageurs, qui s'entend, dit-on, à plus d'une demi-lieue à la ronde, et qui leur a valu le nom de singes hurleurs. Leur queue, prenante et nue à son extrémité inférieure, leur tient lieu d'une cinquième main.

» Les atèles sont remarquables

par l'extrême allongement de leurs membres et de leur queue ; leurs mouvements très-lents contrastent avec la pétulance des autres sapajous.

» Les lagotriches ont les membres moins disproportionnés que les précédents, auxque s d'ailleurs ils ressemblent.

» Les sajous ressemblent aux précédents, mais s'en distinguent facilement par leur queue, velue dans toute son étendue; ils sont très-vifs, très-intelligents, et maintenant très - répandus dans nos grandes villes.

» Les saïmiris, les nocthores, les sakis, les ouistitis, appartiennent à cette famille.

PAULINE.

Cependant en voici quelques-uns qui ressemblent assez à de petits garçons.

M. DE LEBON.

Ce sont les singes proprement dits. Ils ont, comme l'homme, quatre dents incisives tranchantes à chaque mâchoire, deux canines fortes, quatre fausses molaires et six molaires vraies : ce sont effectivement , de tous les animaux , ceux qui ressemblent le plus à l'homme , tant par leur apparence extérieure que par leur organisation. Le crâne est arrondi , la face peu prolongée, ordinairement dépourvue de poils; le nez plus ou moins proéminent , les narines ouvertes au dessous du nez, le cou court, le corps svelte , les mamelles au nombre de deux , les membres antérieurs grêles et longs, les doigts terminés , pour l'ordinaire, par un ongle plat ou fort peu arqué; leurs jambes ne présentent jamais cette saillie musculaire , qui, chez l'homme, forme le mollet ; leurs cuisses sont relativement très courtes ; leur talon, quand ils marchent, ne pose pas sur le sol, et ils s'appuien presque exclusivement sur le bort externe du pied ; les environs de l'anus, et principalement les points où les os ischions déterminent la saillie des fesses, qui, chez eux, est peu marquée, présentent, dans la plupart, des places nues où la peau est plus ou moins rude, et qui portent le nom de callosités.

PAULINE.

Où trouve-t-on ces vilains messieurs?

M. DE LEBON.

Ils habitent tous l'ancien conti
nent. Quelques-uns sont constamment sur les arbres. C'est ainsi que,
dans les vastes forêts, ils voyagent
de branche en branche, cherchent
les fruits et les œufs des oiseaux,
dont ils font leur nourriture habi-
tuelle. Les individus de quelques
espèces se divisent par petites trou-
pes dirigées par un vieux mâle, le
suivent et se rassemblent à sa voix.
Leurs mouvements sont rapides et
brusques, leur humeur est excessivement mobile ; ils passent sans

motif apparent d'une action à une autre, de la tranquillité à la colère, de l'apathie à des cris perçants. Les mères soignent leurs petits avec la plus grande tendresse ; elles les portent dans leurs bras et les allaitent souvent ; mais dès qu'ils peuvent manger seuls, cette affection naturelle disparaît.

» Dans leur jeunesse, il est facile de les dresser à toutes sortes de tours, en faisant usage d'appâts pour leur gourmandise, ou de châtiments, dont ils conservent très-bien le souvenir. Les singes se divisent en six genres : les orangs,

les gibbons , les semnopithèques ,
les guenons , les macaques et les
cynocéphales.

» Les orangs, ont, pour les organes des sens comme pour tous les
autres, une grande ressemblance
avec l'homme : leurs yeux, très-
rapprochés, ont la prunelle ronde;
ils voient fort bien le jour, et ne
sont point nocturnes ; leur nez ne
fait saillie que par ses narines; il
n'y a pas de mufle ; la bouche, qui
est éloignée du nez plus que chez
l'homme, est pourvue de lèvres
minces; la langue est très-douce,
l'oreille de la même forme que chez

l'homme; leur ouïe est fine, et ils consultent toujours leur odorat avant de manger; ils hument en buvant et se servent de leurs mains pour puiser de l'eau ; les poils qui recouvrent toutes les parties du corps, excepté la fesse et l'intérieur des mains, sont assez rares, principalement aux parties inférieures; le membres antérieurs descendent au moins jusqu'au genou quand l'animal est debout, les postérieurs sont courts proportionnellement; les quatre mains ont leur panne nue garnie d'une peau très-douce. C'est à ce genre qu'appartient le célèbre orang outang, celui de tous les

animaux qui ressemble le plus à
l'homme. Comme sa conformation
a beaucoup de rapport avec la
nôtre, il imite très-facilement les
actions qu'il nous voit faire ,
mais il les répète moins machina-
lement que les autres espèces de
singes.

» Ces animaux ont l'air triste, la
démarche grave, le naturel doux et
très-différent de celui des autres
singes, Pris jeunes, ils s'apprivoi-
sent aisément, et il ne faut, pour
les faire obéir, que le signe ou la
parole du maître. On les emploie à
différents travaux domestiques,

comme à tourner la broche, à piler
dans un mortier , à rincer des ver-
res , à donner à boire, à aller chercher de l'eau à la rivière dans de
petites cruches qu'ils rapportent
pleines sur leur tête ; mais lorsqu'ils sont arrivés à la porte de
la maison, si on ne leur prend
leurs cruches, ils les laissent tom-
ber , et voyant la cruche versée et
rompue , ils se mettent à crier et
à pleurer.

» Ils mangent presque de tout,
mais ils préfèrent les fruits mûrs et
secs à tout autre aliment, et le lait
et autres boissons douces au vin.

Dans l'état de liberté, lorsque les fruits leur manquent, ils vont au bord de la mer, où ils prennent des huîtres, des crabes, etc. Pour empêcher l'huître de leur attraper la patte en se refermant, ils y jettent une pierre qui l'empêche de se fermer, et ensuite ils mangent l'huître sans crainte.

» Ils se construisent des cabanes de branches entrelacées; ils sont d'une force prodigieuse; ils font la guerre à l'éléphant, et le chassent de leurs bois; ils attaquent de même les nègres, et les forcent à se battre avec eux; souvent on les a vus porter sur des arbres des enfants de sept à huit ans, qu'on avait une peine incroyable à leur ôter. Les nègres croient que c'est une nation étrangère qui est venue s'établir chez eux, et que s'ils ne parlent pas, c'est dans la crainte qu'on ne les fasse travailler.

» On connaît deux variétés dans l'espèce de l'orang-outang : la première, que les nègres appellent pongo, qui est au moins aussi grand et plus fort que l'homme ; la seconde, qu'ils nomment Jocko, qui est beaucoup plus petit. L'espèce est répandue dans les parties méridionales de l'Afrique et des Indes.

» Battel dit, en parlant du pongo, qu'il est, dans toutes ses proportions, semblable à l'homme, mais qu'il est plus grand; grand, dit-il, comme un géant; qu'il a la face comme l'homme, les yeux enfoncés, de longs cheveux aux côtés de la tête, le visage nu et sans poil, aussi bien que les oreilles et les mains; le corps légèrement velu, et qu'il ne diffère de l'homme à l'extérieur que par les jambes, parce qu'il n'a que peu ou point de mollets; que cependant il marche toujours debout, qu'il dort sur les arbres, et se construit une hutte pour abri contre le soleil et la pluie ; qu'il vit de fruits, et ne mange point de chair ; qu'il ne peut parler, quoiqu'il ait plus d'entendement que les autres animaux; que quand les nègres font du feu dans les bois, ces pongos viennent s'asseoir autour et se chauffér; mais qu'ils n'ont pas assez d'esprit pour entretenir le feu en y mettant du bois; qu'ils vont de compagnie, et tuent quelquefois des nègres dans les lieux écartés ; qu'ils attaquent même l'éléphant, qu'ils le frappent à coups de bâton, et le chassent

de leurs forêts ; qu'on ne peut prendre ces pongos vivants, parce que
dix hommes ne suffiraient pas pour
en dompter un seul; qu'on ne peut
attraper que les petits tout jeunes;
que la mère les porte marchant debout, et qu'ils se tiennent attachés
à son corps avec les mains et les
genoux. Le même Battel appelle
enjocko la petite espèce d'orang-
outang.

»Leur taille, dit M. de la Brosse,
a jusqu'à six et sept pieds de haut,
et ils sont d'une force sans égale.
Ils cabanent, et se servent de bâ-
tons pour se défendre ; ils ont la

face plate, le nez camus épaté, les oreilles plates, sans bourelet, la peau un peu plus claire que celle d'un mulâtre, un poil long et clair-semé dans plusieurs parties du corps, le ventre extrêmement tendu, les talons plats et élevés d'un demi-pouce environ par-derrière. Ils marchent sur leurs deux pieds, et sur les quatre quand ils en ont la fantaisie.» «Nous en achetâmes deux jeunes, ajoute ce voyageur, un mâle et une femelle... Nous les portâmes à bord. Quand ils étaient à table, ils se faisaient entendre des mousses lorsqu'ils avaient besoin de quelque chose; et quelquefois,

quand ces enfants refusaient de
leur donner ce qu'ils demandaient,
ils se mettaient en colère, leur sai-
sissaient les bras, les mordaient, et
les abattaient sous eux... Le mâle
fut malade en rade; il se faisait
soigner comme une personne; il fut
même saigné deux fois au bras
droit. Toutes les fois qu'il se trouva
depuis incommodé, il montrait son
bras pour qu'on le saignât, comme
s'il eût su que cela lui avait fait du
bien. »

» Suivant la relation de Henri
Gross, «il se trouve de ces animaux
vers le nord de Ceromandel, dans

les forêts du domaine du roi de Carnate; on en fit présent de deux, l'un mâle et l'autre femelle, à M. Home, gouverneur de Bombay. Ils avaient à peine deux pieds de haut, mais la forme entièrement humaine; ils marchaient sur leurs deux pieds, et étaient d'un blanc pâle, sans autres cheveux ni poils qu'aux endroits où nous en avons communément. »

» Leurs actions, continue ce voyageur, étaient très-semblables, pour la plupart, aux actions humaines, et leur mélancolie faisait voir qu'ils sentaient fort bien leur

captivité.. Ils faisaient leur lit avec
soin dans la cage dans laquelle on
les avait envoyés sur le vaisseau;
quand on les regardait, ils se ca-
chaient avec leurs mains. La
femelle mourut de maladie sur le
vaisseau, et le mâle, donnant toutes sortes de signes de douleur,
prit tellement à cœur la mort de sa
compagne, qu'il refusa de manger,
et ne lui survécut pas plus de deux
jours. »

François Pyrard rapporte « qu'il
se trouve dans la province de Sier-
raliona une espèce d'animaux ap-
pelés baris, qui sont gros et mem-

brus, lesquels ont une telle indus-
trie que, si on les nourrit et instruit
de jeunesse, ils servent comme une
personne; qu'ils marchent sur les
deux pattes de derrière seulement ;
qu'ils pilent ce qu'on leur donne à
piler dans des mortiers; qu'ils
vont chercher de l'eau à la rivière , etc. »

» J'ai vu à Java, dit le Guat, un
singe fort extraordinaire ; c'était
une femelle : elle était de grande
taille, et marchait souvent fort droit
sur les pieds de derrière. Elle avait
le visage sans autre poil que celui
des sourcils, et elle ressemblait

assez, en général, à ces faces gro-
tesques des femmes hottentotes que
j'ai vues au Cap ; elle faisait tous
les jours proprement son lit, s'y
couchait la tête sur un oreiller, et
se couvrait d'une couverture...
Quand elle avait mal à la tête, elle
se serrait d'un mouchoir, et c'était
un plaisir de la voir dans son lit
ainsi coiffée. Je pourrais en racon-
ter diverses autres petites choses
qui paraîtraient extrêmement sin-
gulières... Elle mourut à la hauteur
du cap de Bonne Espérance, dans
un vaisseau sur lequel j'étais. Il
est certain que la figure de ce

singe ressemblait beaucoup à celle
de l'homme, etc. »

» Sur les côtes de la rivière de
Gambie, dit Froger, les singes sont
plus gros et plus méchants qu'en
aucun endroit de l'Afrique; les
nègres les craignent, et ils ne peuvent aller seuls dans la campagne,
sans courir risque d'être attaqués
par ces animaux, qui leur présentent un bâton et les obligent à se
battre. »

» On voit que, comme nous l'a-
vons dit, il y a, dans cette espèce
de singe à figure humaine, deux

races très différentes pour la grandeur : celle du jocko ou petit orang-outang, qui n'a guère que trois ou quatre pieds de hauteur ; et celle du pongo, dont la taille atteint et passe sept pieds. Le jocko a été vu plusieurs fois en Europe ; mais on n'y a pas encore vu le pongo ou grand orang-outang. Tout ce qu'on en connaît est une main qui a été apportée en Hollande ; et dont M. Allamant a fait graver la figure. Les proportions de cette main de pongo sont, en effet, si gigantesques qu'elles font croire à tout ce que les voyageurs viennent de nous

4.

dire sur la stature et la force prodigieuse de cet animal.

» Les autres espèces offrent moins d'intérêt ; nous n'en parlerons pas, car il faut mettre un terme à nos travaux d'histoire naturelle, qui vous font trop négliger vos autres devoirs.

» Au moins, mes enfants, n'oubliez jamais celui de l'adoration, de l'amour et de la reconnaissance envers le Dieu dont la puissance a fait éclater toutes ces merveilles.

Dieu a tout créé pour l'homme,

et l'homme est le roi de la créa-
tion ; c'est donc l'homme qui doi
être le poète, le prêtre, le chan
tre de toute la nature, et tous les
chants de son cœur doivent être
pour le Dieu qui est sa fin magni-
fique et le terme de sa félicité. »

SENTENCES.

Que sert à l'homme de recher-
cher la connaissance des choses
qui sont au-dessus de lui par les
faibles lumières de son esprit, puisqu'il n'en a pas même assez pour

discerner ce qui lui est si nuisible ou profitable? Sa vie s'évanouit comme l'ombre; et s'il expérimente à toute heure son aveuglement dans ce qui lui est présent, comment pourrait-il pénétrer dans l'avenir, dont les secrets sont cachés à tous les hommes?

La réputation est comme un parfum qui exhale de la vertu, et il vaut mieux que tous les autres parfums de la terre; mais il est si difficile de conserver cette réputation entière au milieu de l'injustice, et en la malice des hommes, qu'il n'y a souvent que la mort qui fasse rendre la justice qu'on doit à la vertu, et qui mette à couvert de l'envie : ainsi le jour de la mort est préférable à celui de la naissance, puisqu'il nous tire des misères où nous étions entrés par l'autre.

Il vaut mieux aller dans les maisons où l'on pleure, que dans celles où l'on se réjouit; les premières, par le souveuir de la mort et la considération des malheurs d'autrui, nous instruisent de la vanité du monde; et les secondes nous éloignent de ces pensées, qui nous peuvent être si utiles.

Il y a une colère préférable à la

joie ; c'est celle qui est causée par
le zèle qu'on a pour la justice, par
l'amour de la vertu, et par la haine
du vice ; et cette colère du sage
peut corriger quelquefois celui
qui pèche.

C'est dans le cœur du sage que
se trouve la tristesse qui opère le
salut ; et c'est dans le cœur du fou
que se rencontre la vaine joie.

La sévérité du sage, qui cor-
rige les vices en les reprenant,
est plus utile à l'homme que la
complaisance trompeuse de l'insensé, qui les entretient en les
flattant.

La joie du fou passe aussi vite que la flamme des épines sèches ; les railleries sont piquantes comme elles, et la vanité ressemble au bruit et à la fumée qu'elles font lorsqu'elles brûlent.

Quelque fermeté de cœur qu'ait le sage, il a sujet de craindre qu'elle ne soit ébranlée par la calomnie, et que la tranquillité de son âme n'en soit troublée.

Celui qui commence l'oraison avec un esprit abattu et plein de troubles, y trouve enfin le soulagement de sa tristesse ; et voit sa patience couronnée d'une récompense, qui ne se donne jamais à la présomption et à l'orgueil.

La colère qui fait perdre la raison à l'homme, ne peut compatir avec la sagesse dans son cœur ; et celui de l'insensé est sa propre demeure.

Ne rejetez point la malice de vos actions sur celles du temps : c'est une question ridicule, de demander pourquoi les premiers étaient meilleurs : comme la corruption de nos mœurs fait les mau-

vais siècles, leur innocence fait les
bons.

La sagesse d'un homme riche
est beaucoup plus utile au public
que celle d'un pauvre ; parce que
le pouvoir de bien faire est joint
à la volonté.

Les richesses, aussi bien que la
sagesse, donnent de grands avan-
tages à ceux qui les possèdent :
mais la sagesse et la science sont
infiniment préférables aux richesses; puisqu'elles donnent à l'esprit
une vie beaucoup plus noble que
celle du corps.

Considérez dans les œuvres de Dieu les desseins de sa Providence, qui veut que la corruption des hommes soit inutile à l'égard de ceux qui ont mérité qu'il les abandonnât.

Quand il vous arrive du bonheur, jouissez avec reconnaissance envers Dieu des biens qu'il vous donne, et fortifiez-vous pour le temps auquel il lui plaira d'éprouver votre patience : comme la prospérité vient de lui, l'adversité nous arrive par son ordre : l'homme dans l'une doit remercier sa bonté, et dans l'autre reconnaître sa justice; sans

que les différents effets de sa con-
duite sur lui puissent jamais lui
donner sujet de se plainde de sa
Providence.

Pendant que j'étais ébloui par
l'éclat de ma fortune, je manquais
au respect dû aux ordres de Dieu,
m'étonnant de voir que la vie du
juste était si courte, quoiqu'elle
me parût si utile et si nécessaire
au monde; et que celle du pé-
cheur était si longue, bien qu'il
me parût un fardeau inutile sur
la terre.

La vertu doit éviter toutes les
extrémités; car la justice excessive

B.

devient cruauté, la sagesse sévérité, et l'étude qui n'est point prise
avec modération, peut altérer l'esprit le plus fort.

Ne multipliez point vos crimes,
et mettez fin à vos dérèglements et
à vos folies ; de peur que Dieu
ne termine votre vie, pour faire
cesser vos impiétés, et ne retran-
che le nombre des années qu'il
avait résolu de vous laisser vivre.

C'est un grand avantage à l'homme, de pouvoir partager son bien
avec le juste, et de le secourir dans
sa misère ; il doit toujours avoir

les mains ouvertes à ses besoins :
car si celui qui craint Dieu ne né-
glige pas les moindres choses qui
lui peuvent plaire, manquera-t-il
à une action de charité, qui sait lui
être si agréable ?

La sagesse est un plus grand
secours à celui qui la possède, que
celui de plusieurs Princes ; et ses
conseils sont plus utiles que leurs
armes et leurs trésors.

Quelque justes que soient les
hommes qui vivent sur la terre, ils
ne marchent pas toujours si exac-
tement dans le chemin de la vertu,

qu'ils ne s'en écartent quelquefois,
et qu'ils ne pèchent.

Ne vous arrêtez point à ce que
l'on dit, n'y attachez point votre
cœur, de peur que vous ne vous
repentiez de votre curiosité, et que
vous n'appreniez que vous servez
vous-même de matière à la mé-
disance de vos propres domestiques.

En cela nous devons nous faire
justice ; car puisque votre con-
science nous reproche les injures
que nous avons faites aux autres
par nos calomnies, ne devons-nous

pas attendre d'eux un semblable traitement?

Je me suis principalement appliqué à l'étude de la sagesse, et tous mes soins pour cela n'ont servi qu'à me faire mieux connaître ce qui m'en manque, et à me persuader que j'en suis extrêmement éloigné.

J'ai trouvé que plus je la cherchais, plus elle s'éloignait de moi : car qui pourra pénétrer la profondeur des secrets de la nature ; et quels yeux assez perçants pourraient voir les mystères incompréhensibles de la Divinité au

travers des voiles si épais , et
des nuages si obscurs qui nous les
cachent?

Les difficultés que j'ai rencontrées dans la recherche de la sagesse, n'ont point rebuté mon dé-
sir de l'acquérir , j'ai continué
d'examiner toutes les choses du
monde , et les causes d'où elles
procèdent : j'ai essayé de décou-
vrir la source des erreurs et de
la folie.

J'ai trouvé que rien ne doit être
si redoutable à l'homme que la femme ; qu'elle lui est une source d'a-
mertumes et de déplaisirs, plus fâ-

cheux que la mort même ; que les
piéges de sa beauté sont plus dangereux que ceux du chasseur, et
que ses charmes enchaînent in-
sensiblement le cœur : le juste seul
évitera ses embûches , mais le pé
cheur tombera dans ses filets, et
ne pourra s'en démêler.

Entre tant de questions obscures et embarrassées, que j'ai tâché
de résoudre, si j'ai été assez heu-
reux pour réussir en quelques unes,
tant d'autres se sont rencontrées
au-dessus de ma capacité, qu'encore que j'y applique incessamment
toutes les forces de mon esprit, je

ne vois encore aucun fruit de mon travail.

La vertu solide que je cherche, est une chose si rare, qu'à peine entre mille hommes en ai-je trouvé un qu'on puisse dire l'avoir acquise ; et je ne l'ai rencontrée en aucune femme.

J'ai remarqué que l'homme a reçu de Dieu une élévation d'esprit singulière, dont ses yeux, qui peuvent toujours regarder le Ciel, sont une marque : mais il s'occupe à la recherche de mille choses inutiles et inexplicables : peut-on

dire que ce soit être sage, que de
se proposer des questions que l'on
ne saurait résoudre?

La sagesse ne paraît pas seulement dans toutes les actions du
sage, elle éclate jusque sur son
visage, et compose tout son extérieur : c'est un rayon de la lumière
de Dieu, que lui-même a imprimé
sur le front de l'homme sage.

Quant à moi, j'arrête toujours
mes yeux sur les siens ; les Commandements qui sortent de la bouche du Souverain des hommes, me
sont des lois inviolables.

Il se faut bien garder de se détourner de Dieu, et de persévérer dans le mal ; de peur que sa toute-puissance, à qui rien n'est capable de résister, ne nous en châtie.

Ses paroles sont toujours suivies de l'effet ; et personne ne peut lui demander la raison de ce qu'il ordonne.

Celui qui observe fidèlement ses Commandements, n'a rien a craindre ; il attend tous les événements avec patience, et n'est jamais en peine de ce qu'il a à répondre.

Toutes les affaires du monde

ont leur temps ; et il est si nécessaire de le savoir prendre , que le
bon ou le mauvais succès en dé-
pend presque toujours : ce qui
ne cause pas peu d'inquiétude à
l'homme.

Sa mémoire peut à peine com-
prendre une petite partie du passé
et son esprit n'a pas la force de
pénétrer dans les ténèbres de l'a-
venir ; son ignorance est toujours
un obstacle invincible dans toutes
ses entreprises.

Son pouvoir ne s'étend pas plus
loin que sa lumière ; il ne saurait
retarder d'un moment le jour de

sa mort ; et l'impie ne trouve dans son impiété ni protection ni assurance.

Dans les réflexions que j'ai faites sur cela et sur toutes les choses du monde , j'ai remarqué que le pouvoir et l'autorité sont des instruments dangereux en la main de ceux qui les possèdent.

LIMOGES. — IMPRIMERIE DE CHARLES BARBOU.

www.ingramcontent.com/pod-product-compliance
Lightning Source LLC
Chambersburg PA
CBHW060440260626
47161CB00005B/2008